AF197966

Tucholsky Wagner Zola Scott Sydow Freud Schlegel
Turgenev Wallace Fonatne
Twain Walther von der Vogelweide Fouqué Friedrich II. von Preußen
Weber Freiligrath Frey
Fechner Fichte Weiße Rose von Fallersleben Kant Ernst Richthofen Frommel
Fehrs Engels Fielding Hölderlin Tacitus Dumas
Faber Flaubert Eichendorff
Feuerbach Maximilian I. von Habsburg Fock Eliasberg Zweig Ebner Eschenbach
Ewald Eliot Vergil
Goethe Elisabeth von Österreich London
Mendelssohn Balzac Shakespeare Dostojewski Ganghofer
Lichtenberg Rathenau Doyle Gjellerup
Trackl Stevenson Tolstoi Hambruch
Mommsen Thoma Lenz Hanrieder Droste-Hülshoff
Dach Verne von Arnim Hägele Hauff Humboldt
Reuter Rousseau Hagen Hauptmann Gautier
Karrillon Garschin Defoe Hebbel Baudelaire
Damaschke Descartes Hegel Kussmaul Herder
Wolfram von Eschenbach Dickens Schopenhauer Rilke George
Bronner Darwin Melville Grimm Jerome Bebel Proust
Campe Horváth Aristoteles
Bismarck Vigny Gengenbach Barlach Voltaire Federer Herodot
Heine
Storm Casanova Lessing Tersteegen Gilm Grillparzer Georgy
Chamberlain Langbein Gryphius
Brentano Lafontaine
Strachwitz Claudius Schiller Kralik Iffland Sokrates
Katharina II. von Rußland Bellamy Schilling
Gerstäcker Raabe Gibbon Tschechow
Löns Hesse Hoffmann Gogol Wilde Vulpius
Luther Heym Hofmannsthal Klee Hölty Morgenstern Gleim
Roth Heyse Klopstock Kleist Goedicke
Luxemburg Puschkin Homer Mörike
La Roche Horaz Musil
Machiavelli Kierkegaard Kraft Kraus
Navarra Aurel Musset Kind
Nestroy Marie de France Lamprecht Kirchhoff Hugo Moltke
Nietzsche Nansen Laotse Ipsen Liebknecht
Marx Lassalle Gorki Klett Leibniz Ringelnatz
von Ossietzky May vom Stein Lawrence Irving
Petalozzi Platon Pückler Michelangelo Knigge
Sachs Poe Liebermann Kock Kafka
de Sade Praetorius Mistral Zetkin Korolenko

Der Verlag tredition aus Hamburg veröffentlicht in der Reihe TREDITION CLASSICS Werke aus mehr als zwei Jahrtausenden. Diese waren zu einem Großteil vergriffen oder nur noch antiquarisch erhältlich.

Symbolfigur für TREDITION CLASSICS ist Johannes Gutenberg (1400 — 1468), der Erfinder des Buchdrucks mit Metalllettern und der Druckerpresse.

Mit der Buchreihe TREDITION CLASSICS verfolgt tredition das Ziel, tausende Klassiker der Weltliteratur verschiedener Sprachen wieder als gedruckte Bücher aufzulegen – und das weltweit!

Die Buchreihe dient zur Bewahrung der Literatur und Förderung der Kultur. Sie trägt so dazu bei, dass viele tausend Werke nicht in Vergessenheit geraten.

Schlehen

Max Eyth

Impressum

Autor: Max Eyth

Umschlagkonzept: toepferschumann, Berlin

Verlag: tradition GmbH, Hamburg
ISBN: 978-3-8424-0458-8
Printed in Germany

Text der Originalausgabe

Max Eyth

Schlehen

Aus: Feierstunden

I

Die Frühlingssonne warf ihre letzten Strahlen flimmernd über die erglühenden Kuppen des nördlichen Schwarzwaldes. Die wenigen rosigen Wölkchen schienen heute leichter das tiefe Blau des Himmels zu durchfliegen, schienen höher in die ätherischen Räume gestiegen zu sein, um das stille keimende und sprossende Rund besser zu überschauen, und ruhten jetzt träumend in der klaren Höhe. Manchmal strich ein einsamer Vogel zwischen ihnen und den Tannenwipfeln hindurch und suchte mit lautem Geschrei sein Nest; manchmal wirbelte noch eine der unermüdlichen Lerchen bis herauf zu den frischen Höhen; dann lag wieder stille, heilige Ruhe über Wald und Flur.

Auch unten war's still, wenn nicht der Abendwind in den Föhren atmete, ein Specht im Waldesdunkel pickte oder aus der nächsten Schlucht ein Birkhahn kreischte. Aus den Tälern drang nur das muntere stetige Rauschen des Wildbachs. Duftige Nebel zogen heimlich aus der Tiefe und umschleierten in der Ferne die blauen, in der Nähe die grünen Berghalden, die sich mannigfaltig ineinander verschoben und wunderliche Schatten durcheinanderwarfen.

Mitten in diesem irdischen Paradiese, wie es sich von dem Gipfel des Hollohkopfes, einem der höchsten Teile des Gebirgs, darbot, einsam in dem herrlichsten Rund, das der Frühling angehaucht hatte, lag der Held dieser Geschichte, *Johann Jakob Schwitzgäbele*. Ein lächerlicher Name! Freilich. Aber wer kann etwas für seinen Namen? Und doch liegt oft schon im Namen eine dunkle Bedeutung, – eine Ironie, ein Wink des Schicksals. Deshalb vermutlich hieß er *Johann Jakob Schwitzgäbele*.

Im übrigen war er ein Jüngling deutschen Gepräges, wie man ihnen in jener Gegend nicht allzu selten begegnet; blondlockig, blauäugig, fröhlich, sorglos, hie und da etwas wehmütig, wofür er sogar Ursachen hätte angeben können, einundzwanzig Jahre alt. Wenn sonst noch etwas in den tiefen, blauen Augen lag, so war es ein großes Fragezeichen, von dem er selbst keine Ahnung hatte. Nichts Außerordentliches. Es ist die Art dieser Augen, und ihrer einundzwanzig Jahre.

Weiter unten am Berg führte ein gangbarer Weg den Abhang hinab; nebenan stand ein roh gezimmertes Bänkchen für den müden Wanderer. Wann aber wäre Johann Jakob je auf dem ordentlichen Weg geblieben, wenn ein anderer für kletternde Gemsen oder für meckernde Ziegen zu erspähen war? Wann hätte er sich je auf ein Bänkchen niedergelassen, das ein milder Weginspektor oder ein zartfühlender Forstbeamter in Wald und Flur zur allgemeinen Nutznießung errichtet hatte, wenn ihm der Kot erlaubte, daneben auf dem Boden zu liegen? Der Kot erlaubte es diesmal, denn auf dem Hollohkopf gibt es nur Sand.

Schwelgend war er in das üppige Moos gesunken. Sein trunkener Blick suchte durch das Gegitter einer alten Föhre das wohltuende, verwandte Blau des Himmels, als wollten beide ineinander versinken. Manchmal schielte er auch, ohne den Kopf zu rühren, links hinab in die tief dunkle Schlucht, die sich gegen das Murgtal öffnete, und ein freudiger Glanz verriet sein Interesse an der Schönheit der Landschaft. Unmittelbar an seinem Ohr flüsterte das Riedgras unaufhörlich in geheimer Geschwätzigkeit; freundlich hielt er den Atem an, wenn eine Ameise mit sichtbarem Erstaunen über seine Nase lief, um das Tierchen nicht zu erschrecken. Ihm wurde allmählich fast, als sei er nur ein Teil der großen, stillen, unbewußten Natur, die ihn umgab; es ward ihm so eigentümlich wohl zumute, wenn er sich in die Empfindungen eines alten Baumstumpfs hineinträumte, der in kontemplativer Ruhe hier oben wurzelte, eines Wacholderbusches, der fröhlich in die tiefen Täler hinabblinzelte, daß er sich kaum mehr zu rühren vermochte!

Nur wenn sein Blick sich noch senkrechter stellte und die blühenden Schlehenstauden traf, die sich über seine Stirne hereinbeugten, fiel er sichtlich aus seiner Wacholderrolle. Ein lebhaftes Rot überflog seine Wange; sein Auge wurde plötzlich heller und menschlicher; eine freundliche Erinnerung schien über die offenen Züge zu wandeln.

Mittlerweile vernahm man unten raschelnde Zweige, Tritte, Stimmen. Es kam herauf. Bei dem ersten bestimmten Laut schnellte Hans in die Höhe. Hans hieß er nämlich unter Studenten und seinesgleichen. Er lauschte; das Erstaunen ließ ihn den Mund nicht schließen! Aus dem Gebüsche unten traten zwei Gestalten hervor:

ein Bauer mit einem Beil und ein elegant, wenn auch etwas phantastisch gekleideter junger Mann, der eben den Strohhut abnahm, um mit der Hand durch die schwarzen Haare zu fahren.

Mit einem jubelnden: »Artur!« rief Schwitzgäbele drei, vier Echo zumal wach und fuhr wie ein Pfeil, ohne sich zu erheben, den von Nadeln und Moos glatten Abhang hinab. Der andere stutzte einen Augenblick, im nächsten aber lagen sich beide in den Armen. Der Bauer hatte sich mit sichtbarem Entsetzen, ein Unglück befürchtend, auf die Seite gemacht.

Übergehen wir die erste Begrüßung! Wer je von Jugendfreundschaft geträumt hat, der kennt jene wilde, frohe, stürmische Lust einer solchen Begegnung, kennt den kräftigen Druck einer solchen Umarmung; – ein anderer lacht.

Sie zogen einander den Abhang wieder hinauf und setzten sich (Hans gab diesmal in seiner Freude ohne Bitten den Forderungen der Kultur nach) zusammen auf das Bänkchen. Brummend folgte der Bauer, setzte sich gleichfalls auf einen Baumstumpf und stopfte seine Pfeife. Eine Zeitlang saßen sie schweigend beisammen und sahen gegen Westen. Glühend schwebte die Sonne über dem duftigen Horizont. Artur zog ein Fernglas aus der Tasche und gab es seinem Freunde. Langsam ließ es dieser über die herrliche Gegend streifen.

»Ich halte es nicht aus!« meinte er endlich und legte das Glas weg. »Schon seit zwei Stunden liege ich hier, um mich zu sammeln; 's ist mir, als zöge mir die ganze Herrlichkeit das Herz auseinander, als zerrisse sie mild und langsam mein ganzes Innere. Ich weiß mir mitten in dieser stolzen, stillen Pracht nicht zu helfen; weiß nicht, was ich mit meinem kleinen Ich anfangen soll, auf das sie unbarmherzig hereinstürmt!«

Artur ergriff den Tubus und richtete ihn gegen Baden.

»Du verstehst mich nicht. Ich glaub's wohl. Ein so närrisches Gefühl ist nicht für Worte gemacht. – Ich habe noch kein anderes Mittel dagegen gefunden, als eine Minute in ein Menschenauge zu blicken. Da sieht's weniger unendlich aus. Man findet sich wieder, Artur! –«

Der Angeredete lächelte ein wenig unter dem Tubus hervor, ohne sich weiter stören zu lassen. »Du schwärmst im alten Ton!« sagte er endlich, Hans fröhlich ansehend. »Ich mag eigentlich nicht fragen, woher du kommst? An einem solchen Abend sieht's aus, als ob lauter gute Genien in der Luft tanzten. Einer wird dich wohl hergeführt haben, um mich zu trösten. Ich komme von Baden!«

»Trösten? Mach die Augen auf!«

»Und sieh mich an!« ergänzte Artur, indem er plötzlich auffahrend Schwitzgäbele mit beiden Händen in die Haare fuhr und ihn an sich zog. »Freilich, du hast noch nie acht Tage ausgestanden wie ich wieder! Mitten unter den alten, strotzenden Tanten und Onkels, den gelockten Puppen von Bäschen, den hohlen Vettern, wegen jener Rücksicht an diesen Herren von N. N., wegen dieser Empfehlung an jenen Grafen von L. L. gespannt sein und dabei ein Herz für Gott und die Welt und dich verstecken müssen und für alles, was halbwegs natürlich und gesund ist, gar nicht haben dürfen! Ich hab's nicht mehr ausgehalten. Gestern bin ich in aller Stille davon.«

Während der letzten Worte hatte er den Hut abgenommen, auf dem eine halbverwelkte Rose steckte, und sah schweigend in die Ferne.

»Ein Herz für die Rose«, sagte Hans teilnehmend, »sieht dir aus den Augen. Hab' ich recht?«

»Schwitzgäbele! Schwitzgäbele! Kann ich dafür, daß du mir alles aus den Augen absiehst?« rief Artur stürmisch und warf sich dem Freund an die Brust.

»Und doch gefällt mir's nicht«, meinte der andere. »Letzten Sommer liefst du mit einer Lilie herum, vorletzten Herbst stack ein Veilchen an dem Platz, wo jetzt die Rose verwelkt; wie viele Gärten willst du noch plündern?«

»Kann ich dafür, daß die Blumen so schön sind?« klagte Artur, einige Reue zur Schau tragend. »Du verstehst mich freilich nicht. Einem Tugendhelden aus Marmor sind sie freilich alle gleichgültig!«

»Nicht alle!« sagte Schwitzgäbele leis und sah vor sich hin, als sei er vor seinen eigenen Worten erschrocken.

»Nicht alle?« rief Artur jubelnd. »Nicht alle? Hat man dich endlich? Und welche Blume konnte das Herz eines nordischen Römers rühren?«

»Schlehenblüten!« versetzte nach einer Pause der Jüngling lachend und trotz des Scherzes lag in dem Tone etwas, das Artur einen Augenblick stutzig machte. Er sah ihn an und sagte dann: »Herb genug wäre die Frucht!«

»Und die Blüten hätten Dornen. Drum bin ich's!« meinte Schwitzgäbele lakonisch.

»Immer noch die alte Leier!« lachte jetzt Artur wieder; »nur ein neues Stückchen drauf! – Gib acht! derartige Melodien fangen gewöhnlich in Moll an und gehen in Dur aus.«

Johann Jakob versetzte nichts darauf.

Die Sonne war versunken und dem Bauern, der regungslos in die Abendglut starrte, war seine Pfeife ausgegangen. Er unterbrach deshalb die feierliche Stille der Natur durch einen gutgemeinten Fluch und bemerkte: »Im badischen Jägerhaus sei das neue Bier gar nicht schlecht«.

»Wir gehen zusammen«, sagte Artur aufstehend mit schmeichelnder Bestimmtheit. »Ich muß doch jemand haben, dem ich meine Rosenmärchen erzähle!«

»Mir ist es recht«, erwiderte Hans. »Ich laufe schon acht Tage in Kreuz und Quer im Schwarzwald herum. Nur eins«, fuhr er nach einem kurzen Schweigen fort, indem er sich über den Schlehenbusch beugte, neben dem sie gesessen waren, und ein Zweigchen abknicken wollte: »nur eins: nach Wildbad bringst du mich nicht mehr!«

»Sei ruhig!« sagte Artur verwundert. »Wildbad vermeide ich so gut wie du. Ich käme dort vom Regen in die Traufe. – Aber warum?«

»Und zweitens«, fuhr Schwitzgäbele mit einiger Heftigkeit auf, – »nach dem Warum darfst du nicht noch einmal fragen!«

Drauf steckte er die Schlehenblüte auf den Hut, wickelte einen Grashalm schweigend um den von den Dornen geritzten Finger, warf sich die Reisetasche um und beide gingen leichten Schrittes waldeinwärts, dem Bauern nach.

II

Ein Vierteljahr war über jene Schwarzwaldreise hingegangen. Noch immer stand sie den beiden Freunden im treuen Gedächtnis, wenn auch jeder nur in seiner Weise an die scheinbar unbedeutenden Begebenheiten derselben zurückdachte.

Artur sprach häufiger davon. Für ihn hatte das ungebundene Durchstreifen von Wald und Flur noch den größeren Reiz, da es ihn Verhältnissen entrückte, deren Joch er zu Hause nur ungern ertrug. Sohn eines der höchsten Staatsbeamten, welcher seine Stellung nicht den lautersten Mitteln verdankte, fühlte er sich bald im Kreise munterer, freidenkender Jünglinge, selbst wenn sie seine von Jugend auf eingesogenen Vorurteile nicht gerade schonend berührten, heimischer als im väterlichen Hause, und der Geist des erwachten jugendlichen Widerspruchs trieb ihn weiter, als er sonst wohl gegangen wäre. Mit feuriger Innigkeit hatte er sich an Schwitzgäbele angeschlossen, einen Jüngling, der durch seine Kenntnisse sowohl, als durch seinen offenen und herzlichen Charakter ihn schon im ersten Jahre auf der Universität angezogen hatte. Beide sahen jetzt dem Ende ihrer Studienjahre entgegen und namentlich Artur suchte die vielleicht nur kurze Zeit ihres Beisammenseins möglichst zu nützen.

Sie saßen in einem abgelegenen, öffentlichen Garten. Ein Mädchen, das in einiger Entfernung Bestecke reinigte, war außer ihnen das einzige lebende Wesen, das durch das üppige Grün der Laube zu erblicken war, die eine herrliche Aussicht auf den Fluß hinaus darbot. Es war Schwitzgäbeles Geburtstag, den beide hier feierten.

Artur hatte, als er seinen Freund zu diesem einsamen Plätzchen führte, noch eine andere Absicht. Ihm schien derselbe seit zwei, drei Monaten nicht mehr ganz wie früher, ohne daß er sich den Grund der Veränderung recht deutlich machen konnte. Heute wollte er damit ins klare kommen; denn er glaubt zu fühlen, daß sich etwas zwischen ihn und seinen Freund eindrängen wollte.

Sie hatten lange heiter zusammen geplaudert, als Hans auffuhr:

»Du machst mir nicht weiß, daß ich glücklich sei! Glücklich? Daß ich eine lustige Haut bin, das ist mein einziges Glück. Nein, Artur (fuhr er ruhig und freundlich fort), dazu habe ich mich zu lange beobachtet. Wie ich noch ein Bube war und mir das erste Brot selbst schneiden wollte, kam ich zuerst auf die liebliche Entdeckung. In einem Körbchen lagen Messer und Gabeln beisammen. Sah ich nicht genau hinein, so durfte ich darauf schwören, drei Gabeln, wenn's gnädig ging, der Reihe nach herauszuziehen, bis mir ein Messer in die Hand fiel; wollt' ich eine Gabel, so konnt' ich auf Messer in Menge rechnen. Das ist mein Glück.«

Artur kam die Sache komisch vor. Er rief das Mädchen herbei, das ihr Besteckkörbchen auf den Tisch stellen mußte, um sogleich einen Versuch anzustellen. »Es gilt drei Flaschen Champagner gegen eine!« rief v. Steinau (Arturs Familienname), »du greifst mit zugehaltenen Augen; wenn du ein Messer willst, beim dritten Griff zum mindesten hast du eins!«

Schwitzgäbele ließ sich die Augen zuhalten und griff zu.

»Numero 1. – Eine Gabel!« rief Artur, ohne ihn loszulassen. – »Greif zu! Numero 2. – Wieder eine Gabel! Mehr rechts! – Noch eine Gabel!«

»Du bist nun doch ein Glückskind, Schwitzgäbele; du hast's gewonnen. Natürlich suchtest du drei Gabeln zu erwischen!«

»Keine Sophismen!« rief der andere, und mit eigentümlicher Wehmut betrachtete er die drei Gabeln, die seine Behauptung gerechtfertigt hatten. »Wenn ich immer auf mein Unglück wetten könnte wie heute, wäre mir's nicht bange. Wunder nimmt mich's nicht! Es liegt im Blut. Mein Urgroßvater war ein ehrlicher Pächter und weil er das war, haben ihn ein paar Hungerjahre und ein strenger Gutsherr zugrunde gerichtet. Er ließ meinen Großvater, um ihn diesem Los zu entziehen, studieren. Was half's? Die Anstrengung seiner letzten Kräfte verschaffte diesem eine Stelle. Aber er war zu gut, zu mildtätig, um Arzt zu sein und dabei leben zu können. Er wurde Armendoktor für einen unglaublich großen Distrikt und hat sich selbst an den Bettelstab gedoktert. Mein Vater wurde auf diese Weise schon als Knabe mit armen Leuten bekannter als mancher, der sie regieren hilft. Um dem Los seiner Eltern zu entgehen – er zeigte, wie man mir sagte, schon frühe ein sehr weiches Herz, dessen Gefahren mein Großvater gar wohl kannte –, mußte er Jus studieren. Du weißt, wie es ihm erging. Mir selbst ist seine Geschichte heute noch nicht recht klar. Er soll etwas zu laut gesprochen, die

Rechte der Armen verteidigt und die des Adels angegriffen haben, da und dort verwickelt gewesen sein. Ich war kaum geboren, als er all das mit Verlust seiner Stellung und mit einer dreijährigen Untersuchungshaft büßen mußte, woraus er nur entlassen wurde, um in den Armen meiner vor Kummer kranken Mutter zu sterben. Namentlich die Intrigen eines Beamten, den ich nicht kenne, nach dem ich auch nicht fragen mag – was würde es helfen? ich weiß ja kaum, ob das Gerücht nicht gelogen hat! –, haben mich in meinem vierten Jahre vater- und mutterlos gemacht. Das geht übers Scherzen, Artur!«

Steinau war sehr ernst geworden. Erst bei den letzten Worten sah er seinen Freund wieder an, so warm, als wollte er mit seiner ganzen Liebe das ersetzen, was diesem so früh ein bitteres Geschick geraubt hatte. Schwitzgäbele zeigte selten und sichtlich ungern einen Schmerz, der sich ihm doch fast täglich bei dem Zusammenleben mit seinem glücklichen Freunde aufdringen mußte. Vielleicht vermied darum Artur jedes Gespräch, das sich auf seine eigenen Familienverhältnisse bezog. Beide sahen eine Zeitlang den Fluß hinab, der sich klar und freundlich durch die sonnigen Rebengelände hinzog, jeder, ohne die Gedanken des andern unterbrechen zu wollen.

»Trotz allem«, begann Hans wieder, plötzlich laut lachend, »trotz allem hab' ich mehr Glück, als man mir ansieht. Gestern bekam ich, wie vom Himmel gesendet, wieder 50 fl., die dritte Sendung der Art. Mir ist es ein unlösliches Rätsel woher? Das Postzeichen ist immer das der Residenz; aber wer sich dort für mich interessiert, an wen ich meinen Dank richten soll, davon habe ich keine Ahnung. Ich habe eigentlich niemand mehr, der sich für mich interessieren könnte, als einen alten, wurmstichigen Onkel; doch ist derselbe gegenwärtig im Wildbad, wie jeden Sommer, und kennt mich kaum!« Er sah dabei Artur fest an; denn schon mehr als einmal war ihm der Gedanke gekommen, ob nicht am Ende dieser den Umweg ergriffen habe, um seine nicht rosige Lage zu erleichtern, – eine Lage, die nur ein jugendlicher Humor, wie der seinige, zu ertragen vermochte.

Dieser Verdacht hatte wohl auch Augenblicke lang seinem Betragen gegen den Freund etwas von der freimütigen Offenheit genommen, die sonst seine Art war. Doch war Artur unschuldig. Das Geld kam von einem früheren Professor der Universität, der jetzt am Justizkollegium angestellt war und im stillen für den Sohn seines Jugendfreundes sorgte. Öffentlich den Sprößling des alten Demagogen unter seine Fittiche zu nehmen, wagte der gute Mann nicht.

»Auf meinen unbekannten Gönner!« rief der Jüngling, um gewaltsam der Unterhaltung eine heitere Richtung zu geben. Die Gläser klangen hell, der perlende Wein öffnete Herzen und Lippen. Artur hatte schon zweimal nach dem verlornen Champagner gerufen.

»Du magst sagen, was du willst«, fing Artur wieder an;»alles daß drückte dich schon lange Jahre, wie heute, und doch bist du ein anderer! Warum das leidenschaftliche Arbeiten? Das Examen? – Du hast es wahrhaftig am wenigsten von allen nötig, zu ochsen. Warum das verschlossene Wesen, das dir sonst so fremd war? Sei offen!«

Hans schwieg und sah hinaus auf den Fluß, über den der Mond schon eine silberne Brücke geschlagen hatte.

»Sei offen!« bat Artur dringender. »Ich weiß, ich bin der einzige, mit dem du so stehst, daß er's verlangen kann, und ich würde um keinen Preis diesen Platz einem andern einräumen. – Hab' ich vor dir je ein Geheimnis so lange geheim gehalten? Du kennst mich durch und durch. Du bist undankbar; du liebst mich nicht!« Schwitzgäbele ergriff seine Hand:»Ich weiß nicht – 's ist lächerlich – «, sagte er und stockte dann.

»Lächerlich!« fuhr Artur auf.»Für mich ist nichts lächerlich, was dich drückt. Du hast mich noch nie verstanden. Wie warm, wie treu ich an dir gehangen habe, wie ich deine Freundschaft jahrelang gesucht habe! Heut' willst du mich's fühlen lassen, daß wir nicht gleich sind, wie es Brüder sein sollen, so Geistesbrüder sind, wie du sonst wohl gesagt hast!«

Keine Antwort.

»Ja, ja; man hat recht: Du bist stolz, stolz auf deine geistige Überlegenheit, stolz auf dein Unglück, stolz auf die Kraft, mit der du alle fremde Hilfe abweisest. Bin ich dir denn gar nichts?«

»Sei ruhig, Artur!« versetzte der andere endlich leis, »'s ist lächerlich, aber ein unbeschreibliches Gefühl will mir's fast nicht über die Lippen kommen lassen. Ich bin ein Kind, – ich hab' mir's tausendmal gesagt, – ich bin ein Narr, – was hilft's? – ein einziger Blick hat mich dazu gemacht!«

»Und das wolltest du mir nicht sagen?«

»Du verstehst mich nicht. 's ist keine Liebe.«

»Keine Liebe? Was denn ums Himmels willen!«

»Wahnsinn!«

»Du bist ein Narr!«

»Das sag' ich ja ... Seit drei Monaten quält mich dieser Blick, und ich weiß nicht einmal, woher er gekommen, und hielt mich für so ruhig und vernünftig, – und ein einziger Blick!«

Das Kellnermädchen brachte die Champagnerflaschen, setzte sie mit einem Licht und den Kelchen auf den Tisch und ging. Schwitzgäbele löschte das Licht aus. »Du erinnerst dich noch an den Hollohkopf. Ich kam damals vom Wildbad. – Dort war's!«

Eine der Champagnerflaschen knallte. – Artur rückte die Kelche in den Mondschein und schenkte ein.

»Auf ihre Augen!« sagte er und ergriff einen der Kelche. Hans nahm den andern.

III.

»Den Trunk verdank' ich meinem Unstern!« sagte er, als die Gläser glockenhell zusammenklangen. Dann war's still.

Das Examen sollte drei Tage dauern. Bereits waren zwei davon überstanden, als am Abend jenes Tages Schwitzgabele jubelnd dem jungen Steinau entgegenstürzte, der ihm in dem königlichen Park zufällig begegnete.

»Ich habe sie wieder!« Das war alles, was aus ihm herauszubringen war. »Ich habe sie wieder!« war schon seit einer Stunde der Kehrreim jedes seiner Gedanken gewesen, die alle Gedichte waren. Wie hätte er jetzt auf die Berichte Arturs hören können, der von diesem und jenem Professor kam und die wichtigsten Nachrichten in bezug auf die zwei verflossenen Tage zu bringen glaubte.

»Morgen ist der letzte und wichtigste Tag«, sagte Steinau, der aus den wirren Bemerkungen und Ausrufen seines Freundes nicht klug werden konnte;»namentlich soll der Mittag entscheidend sein. – Professor Kramer war von den Arbeiten eines gewissen Schwitzgäbele ganz entzückt und hoffte zum mindesten, daß der hoffnungsvolle Examinand morgen abend sein I a. errungen haben werde; – Schwitzgäbele!«

»Artur!«

»Sei doch einigermaßen vernünftig, ich bitte dich! Wenn du morgen dein Delirium nicht überstanden hast, so ist mir's bang um dich!«

»Und ich habe sie wieder!«

»Du gehörtest doch sonst nicht zu jener Spielart von Menschen, die jeden Augenblick Gefahr laufen, kopf- und herzlos herumzutaumeln. Johann Jakob Schwitzgäbele, fasse dich! Halb Europa sieht morgen auf deinen Kopf!«

»So soll es sehen! Mir ist heute abend die ganze Welt Wurst oder ein Paradies«, sagte der Glückliche;»ein Paradies von Würsten, wenn du dies besser verstehst.«

»Adam, Adam, wo bist du?« rief Artur mit erhöhtem Pathos; aber es half nichts. Schwitzgäbele lächelte jedem Pudel, dem sie begegneten, überglücklich ins Gesicht, grüßte jede Kindsmagd mit ausgesuchter Höflichkeit, fütterte eine halbe Stunde lang die Schwäne im Teich des Parks mit Biskuit, das er in der Nähe erhandelte, und sah Artur nach seiner schärfsten Standrede so unendlich freundlich an, als hätte dieser für das Glück der Indianer in Paraguay geschwärmt, was ihn immer rührte.

Da war nichts zu machen. Artur ergab sich endlich in das Unvermeidliche, zog seinen Freund in die nächste Laube und bat, ihm doch wenigstens die Ursache seines Zustandes deutlicher auseinanderzusetzen. Dies gelang. Mit einer Offenheit, die Artur bei der sonstigen Zurückhaltung Schwitzgäbeles mit höchster Verwunderung erfüllte, fing dieser an von Wildbad zu berichten. Mit einer Genauigkeit, bei der man nicht wußte, sollte man mehr das Gedächtnis oder die Kindlichkeit des Erzählers bewundern, schilderte er jedes Steinchen, über das er dort gestrauchelt, jeden Brombeerstrauch, an dem er vorübergekommen und hängengeblieben war. Endlich schien man sich der Katastrophe zu nähern, denn der Bericht wurde feuriger und verwirrter; Schwitzgäbeles Wange rötete sich höher, seine Hand ergriff die seines Freundes; sein freudestrahlender Blick ruhte im Auge Arturs.

»Ich will sie dir nicht beschreiben; dieses offene Gesichtchen, dieses lebendige, funkelnde, unschuldige Auge, diese zierliche natürliche Anmut in jeder Bewegung des Kinds, – davon kann man nicht sprechen. Sie war einfach gekleidet; ein Sonnenschirmchen lag neben ihr; sie las. Wie angewurzelt blieb ich stehen. Sie sah auf. Artur! sie sah mich an. Jetzt weiß ich nicht mehr klar, wie's weiter ging. Nur das bittere, drückende Gefühl einer unverzeihlichen Unbeholfenheit ist mir in der Erinnerung geblieben. Sie mußte mich im ersten Augenblick für einen Handwerksburschen gehalten haben; denn sie errötete, und fuhr mit der Hand in die Tasche. Ich erriet's und fühlte, wie mir das Blut ins Gesicht schoß, aber von der Stelle konnte ich nicht.

»Sie sind wohl Badgast?«sagte sie dann, und schlug die Augen nieder. Eine Stimme – nein, ich wollte dir ja nichts beschreiben, aber hätte sie die Augen nicht auf den Boden gerichtet, ich wäre vollends eine Bildsäule geworden. Das Badeleben gewährt mehr Freiheit, als sonst erlaubt ist. Ich erinnerte mich bestimmt, daß ich das gelesen hatte. Ich antwortete. Sie sah mich wieder an, so freundlich, so lieb und mein stockendes Blut jagte jetzt lustig durch alle Adern. Sie zürnte nicht. Sie war nicht mehr in Verlegenheit. Ich auch nicht. Mir war wie in einem süßen, glücklichen Traum. Die tiefe Waldeinsamkeit, die Stille um uns, die nur ihre Stimme und das murmelnde Wasser unterbrach, das leise Flüstern der Bäume, ich träumte wirklich und manchmal durchfuhr mich ein banges Gefühl, als müßt' ich im nächsten Augenblick erwachen und alles wäre verschwunden.

Sie saß auf dem moosigen Rain, hinter ihr ein alter Granitblock mit wirrem Gesträuch, vor ihr ein kleiner Graben längs des Wegs. Ich deutete mir einen der freundlichen Winke ihres Auges auf meine Weise und saß einen Moment später im Graben zu ihren Füßen. Sie lächelte. – Das war der erste Frühlingssonnenblick im Jahr 1845; ich feierte ihm in meinem Graben drei Minuten lang ein stilles, heiliges Fest.

Wie lange ich dort gesessen, wie lange wir vom Himmel, Blumen, Waldbächlein, Schmetterlingen und glücklichen Menschen in der glücklichen Natur gesprochen, weiß ich nicht. Ich fühlte plötzlich, daß sie endlich genug haben könnte, stand auf und griff zu meinem Stock. Es tat mir etwas weh, ich wußte kaum: was? Nachher ward mir klar, daß ich in diesem Augenblick aus dem ersten Stockwerk meines Himmels in das zweite herabgemußt.

»Ich wollte, Sie könnten mir ein Erinnerungszeichen an diese Stunde geben!« sagte sie etwas zögernd.

Es war ein ferner, wonniger Klang aus dem ersten, aber der letzte. Ich hätte ihr gerne das Liebste geboten, was ich besaß, die Tabakspfeife, die du mir geschenkt hattest, aber das ging nicht. Ich kletterte daher an dem Granitblock hinauf, riß einen halben Schlehenbusch herab, der über und über mit Blüten beschneit war, gab ihr ein Zweiglein und war auf dem Weg den Berg hinauf.

Wie ich Abschied genommen, ob sie mir die Hand gegeben, ob ich noch einen dummen Streich gemacht, das weiß ich nicht.

Als ich den Berg zur Hälfte oben war und die warme Frühlingsluft mir freundlich übers Gesicht strich, kam ich wieder zu mir.

Zwischen dem Tannengeäste hinab konnte ich den Platz sehen, wo sie gesessen. Sie war fort. Ohne zu wissen, was ich eigentlich wollte, war ich den Berg wieder hinunter, an dem Granit vorbei und in Wildbad.

Der Tag verging mir wie kein anderer bis heute. Ich suchte sie nicht; ich erwartete nichts, ich wußte kaum, wozu ich im Wildbad blieb, aber ich war glücklich in jedem Winkel, in den ich mich verlief; ich freute mich an jedem Busch und Baum und fragte nicht lange, warum? Ich weiß nicht, ob ich ahnte, daß noch nicht alles vorüber sei. Wahrscheinlich.

Abends war ein kleiner vornehmer Ball: der russische Gesandte, ein paar adelige Familien, die sich in Wildbad aufhielten – was weiß ich! Die Musik zog mich in das Konversationshaus. Ich versichere dir, ich suchte nichts dort. Ich vermutete mein Waldmädchen nicht in jenen Kreisen; sie war mir so einfach, so bürgerlich vorgekommen. Ein reiner Zufall führte mich hinter einem Aufwärter in den Tanzsaal. Ich stellte mich in eine Fensternische und schaute zu.

Da fuhr mir's plötzlich durch Mark und Bein; ich schrak zusammen wie ein auf bösen Wegen ertappter Bube. Eine Gestalt in weißen, wallenden Kleidern war an mir vorübergewirbelt am Arm eines jungen Offiziers. Sie war's. Siedend heiß lief mir's jetzt durch alle Glieder. Ich verfolgte sie mit den Augen. Es war mir nicht schwer. Ich sah nur noch sie und ihr tief schwarzes, einfach gescheiteltes Haar, in welchem – nein, ich täuschte mich nicht, ein einfaches Kränzchen von Schlehenblüten stak, dieselben, die ich ihr gebrochen hatte.

Kaum hatte ich die Entdeckung gemacht, die mir die ganze Seele aus den Fugen hob, als eine Dame in Samt und Seide einherrauschte, mein Waldfräulein bei der Hand nahm und mit ihr gerade durch den Saal auf mich zukam. Doch schienen beide mich nicht zu bemerken. Die Dame führte das Mädchen, das mit gesenktem Kopf neben ihr herging, in die Nische neben der meinen. Ich hörte sie eifrig sprechen, ohne etwas zu verstehen. Ein paar leise Worte, welche die Kleine, wie bittend, flüsterte, eine lange, scharfe Rede der alten Frau war alles, was ich unterschied.

Die letztere erschien zuerst wieder und schwebte langsam den Saal hinauf. Dann erschien das Mädchen. Sie kam an meiner Nische vorüber, sie schien einen Augenblick den offenen Saal meiden zu wollen. Das Schlehenkränzchen war verschwunden; zwei prachtvolle Rosen staken unter Brillanten in ihrem schwarzen Haar. Die Wangen waren bleich, in den Händen zerknitterte sie eine der weißen Blüten, in den schwarzen Augen glänzte eine Träne. ›Auch in diesem Himmel eine Träne!‹ dachte ich; da erkannte sie mich. Alles Blut stürzte ihr in die Wangen. Sie fuhr rasch mit dem gestickten Taschentuch über die Wimpern, drehte sich um und verschwand im Nebenzimmer.

Ich war allein, war aus dem Saal. Die Träne brannte mir auf dem Gewissen. Was hätt' ich nicht gegeben, sie trocknen zu dürfen! Mein Himmel war in dieser Träne untergegangen. – Den Abend darauf fand ich dich auf dem Holloh. Es war gut. Auch ohne dein Wissen hast du mich getröstet, erheitert, zerstreut. Ich konnte es brauchen.«

»Bildest du dir denn ein, sie habe wegen deiner geweint?« fragte endlich Artur lächelnd, der geduldig zugehört hatte.

»Warum nicht? Die Schlehen, die Tante – sie sah aus wie eine Tante der bösen Gattung – hat sie gescholten, daß sie die dummen Blümlein ins Haar getan, und ich hab' ihr die Schlehen gegeben. Seitdem aber sind sie mir heiliger als Eichen und Lorbeer.«

»Und wie heißt denn die göttliche Hamadryade, armer Sterblicher?« fragte Steinau mit eigentümlicher Mischung von Teilnahme und Spott. Schwitzgäbele sah seinen Freund groß an.

»Danach hab' ich nie gefragt«, versetzte er dann begeistert. »Die Sonne hat ja auch keinen Namen unter den tausend Sonnen am Firmament und doch kennt sie jedes Kind. Sie hat mir ein langes, halbes Jahr in einen einzigen glücklichen Sommernachmittag verwandelt, ohne daß ich sie sah. Heut' ist sie mir wieder erschienen. Verstehst du jetzt, daß ich darüber närrisch geworden bin?«

Artur verstand es. Er verzichtete darauf, über die heutige Begegnung etwas Näheres zu erfahren; denn er kannte die Art Schwitzgäbeles: das, was ihn am meisten beschäftigte, durch nichts als durch ein strahlendes Auge, ein stilles, seliges Lächeln zu verraten.

Allerdings hätte er gern eine Begegnung, die seinen Freund dermaßen aus den Fugen gebracht hatte, um ein paar Tage hinausschieben mögen; denn er fürchtete den üblen Einfluß, den all das auf den morgigen Tag haben konnte. Doch versicherte Schwitzgäbele mit vielem Ernst, morgen so vernünftig sein zu wollen wie ein pensionierter Professor der Mathematik.

»Wer weiß«, sagte er verschämt und leis, »ob mich der morgige Tag nicht einem Ziel um einen Schritt näher bringt, – einem Ziel, das ich mir kaum denken, kaum erträumen kann!«

»Johann Jakob Schwitzgäbele!« hatte Artur mit erhobenem Finger darauf gesagt.

Aber Schwitzgäbele war zu glücklich, um etwas zu verstehen. Er lächelte und sie schieden.

Als Schwitzgäbele in seiner Dachstube, die er im Gasthof zum Ochsen bezogen hatte, angekommen war, schien ihm der Mond hell und freundlich durch das Fenster entgegen. Er bat höflich um ein Licht, stellte es mit Papier und Schreibzeug in den dunkelsten Winkel des Zimmers, legte sich zum Fenster hinaus und wartete. Von Zeit zu Zeit zog er den Kopf herein, schrieb ein paar Zeilen und schaute dann wieder hinauf an den sternbesäten Himmel. Sonst bemerkte man nichts Ausfallendes an ihm, als daß er einmal mit ungewohnter Heftigkeit nach einer Wurst rief. Erschrocken eilte der Kellner herbei und brachte das Verlangte. Ganz verlegen entschuldigte sich Schwitzgäbele. Er war wohl zu entschuldigen. Er hat in jener ereignisvollen Stunde, der glücklichsten seines Lebens, wo die ganze Schönheit des unendlichen Firmaments, die ganze innige Glut des eigenen, guten Herzens seinen Kopf bestürmte und das wohlgebundene corpus juriss, das er enthielt, überrumpelte, – er hat in dieser Nacht sein erstes und letztes Gedicht gemacht:

»An die Namenlose«.

IV.

Den Vormittag über hatte am folgenden Tag unser Held sein Versprechen, vernünftig zu sein, zur Verwunderung Arturs löblich gehalten. Mittags um zwei Uhr erschien er aber nicht. Man wartete eine Viertelstunde, Artur in ernstlicher Sorge um seinen Freund und ehrlich gestanden auch um sich; denn Schwitzgäbele sollte an seiner Seite sitzen. Artur lauschte gespannt auf jeden Tritt, der sich nahte, – ohne Erfolg! In der Verlegenheit entschuldigte er ihn endlich mit einem Herzleiden, das Herrn Schwitzgäbele oft plötzlich befalle und ihn wohl auch heute abhalte, zu erscheinen. Die Professoren beruhigten sich kopfschüttelnd. Das Examen nahm seinen Verlauf.

Hätte Artur in diesem Augenblick den Vermißten sehen können, – ich weiß nicht, hätte er über seinen unglücklichen Freund gelacht oder geweint. Schwitzgäbele selbst hätte zwischen beidem geschwankt, wenn er nicht glücklich ein Drittes gefunden hätte, das ihm über die schwierige Frage hinaushalf, nämlich sich und die Welt und alles, was drin ist, zu vergessen. Dazu aber kam es auf folgende Weise:

Schon gestern hatte er, wie erzählt, die Namenlose, die ihn so namenlos glücklich machte, gesehen. Er täuschte sich vielleicht, aber er glaubte es wenigstens fest, sie habe ihn gegrüßt, als sie in einem offenen Wagen mit einer andern, älteren Dame an ihm vorbeiflog. Er wäre dem Gefährt fast nachgelaufen, wenn er sich nicht vor der Tante geschämt hätte; denn auch die Tante aus Wildbad war wieder da. Aber er sah, als er um das nächste Straßeneck bog, hinter dem dasselbe sich seinen Blicken entziehen wollte, die braunen Räder in dem Hoftor eines neuen stattlichen Hauses verschwinden. Dort wohnte sie vielleicht.

Man kann's ihm nicht verargen, daß er nach seinem bescheidenen Mittagsmahl, einen Auszug aus den Pandekten in der Rock-, das Gedicht von gestern abend in der Brusttasche, in jene Straße einbog. Das betreffende Haus stieß mit seiner Rückseite an den königlichen Park, in welchen jedermann Zutritt hatte. Er sah auf die Uhr, als er über die Schelle des Gittertors trat, das in den Garten führte. Es war erst halb zwei Uhr, also vollauf Zeit, noch ein wenig einzutreten und im Schatten der stillen Baumgänge den Pandektenauszug zu durchblättern. Und doch klopfte sein Herz etwas höher. Es hatte einen bessern Instinkt als sein Besitzer.

Ehe er die Papiere hervorzog, mußte er sich in der neuen Umgebung einigermaßen orientieren. Das war absolut notwendig. Kaum konnte man in der Tat ein geeigneteres Plätzchen für eine Stunde ungestörter Ruhe finden als diesen Teil des Parks. Üppiges hohes Gebüsch umkränzte den Weg, der sich an die stattlichen Gebäude hindrängte; über einer niedlichen Rotunde wölbte ein mächtiger Ulmenbaum seine dichte, herrliche Krone. Ein kleines, einfaches Bänkchen umgab den Stamm. Der Gipfel schien in die obersten Giebelfenster des palastartigen Hauses hineinwachsen zu wollen. Nirgends zeigte sich ein Mensch. Eine südliche Mittagsruhe lag über dem schattigen Bilde.

Schwitzgäbele studierte emsig, nach dem Anfang zu urteilen. Dabei stellte er sich allerdings so, daß er durch die Lücken des Gesträuchs möglichst viele Fenster überschauen konnte. Da klang's, als ob sich eines öffnete. Seine Hand mit den Auszügen fuhr unwillkürlich in die Brusttasche. Sein Auge starrte in die Höhe. Dort war's! Eine kleine weiße Hand kam an einem Fenster des ersten Stocks zum Vorschein, befestigte einen Riegel und verschwand. Das Fenster blieb offen. Es wurde wieder still. Er sah nur noch einen weißen Vorhang sich hin und her bewegen, und glaubte hie und da die obersten Partien eines weiblichen Kopfputzes, ein einfach gescheiteltes, tiefschwarzes Lockenhaar zu erkennen. Er stellte sich auf die Zehen und seufzte. Es half nichts.

Plötzlich kam ihm ein Gedanke. Er sah sich um, scheu, erschrocken vor sich selbst. Kein Laut regte sich in der Nähe. Nur ein Vogel hüpfte leise zwitschernd von Ast zu Ast an der Ulme hinauf. Der Vogel saß dem Fenster gegenüber, schaute hinein und dann neckisch zwitschernd herab.

Schwitzgäbele beobachtete ihn mit gespannter Aufmerksamkeit. Immer noch alles still. – Er war entschlossen.

Leis, wie eine Katze, mit klopfendem Herzen war er am Stamm der Ulme angekommen. Das Bänkchen krachte, als er mit dem ersten Fuß darauf trat. Er hielt an. In diesem Augenblick rauschte plötzlich ein Windstoß durch die tausend Blätter des Baums; laut singend flog der Vogel auf.

Schwitzgäbele saß auf dem untersten Ast des Baumes im dichtesten Blättergewühle. Jetzt war's gewonnen. Lautlos leicht, wie ein Eichhorn, stieg er von Ast zu Ast, hielt wieder, wartete auf das Rauschen der Blätter, stieg weiter. Er sah nicht hinab, nicht hinaus. Er zitterte vor jeder Entdeckung, die sein Blick machen könnte. Sein Gewissen regte sich mächtig, aber er stieg weiter, ohne nachzudenken, ohne zu wollen, mit dem dunkeln Gefühl, daß ihn ein Dämon treibe, dem er nicht widerstehen könne.

Er hatte jetzt ein Plätzchen erreicht, wie wohl kein zweites zu finden war: um und um grün; ein sicherer Ast, auf dem er halb stand, halb saß; ein Zweig, an dem er sich hielt; unter seinen Füßen eine kleine Lücke, durch die sein Blick das Bänkchen beherrschte; die kleinste Bewegung des Geästes öffnete ihm die Aussicht gegen das ersehnte Fenster. – Sie war's! – Rasch ließ er den erfaßten Zweig wieder zurückschnellen. Er mußte sich fester halten, fester stellen, mußte sich sammeln, um wieder Hinsehen zu können. Dann drückte er leis mit dem bebenden Finger Blatt um Blatt auf die Seite und schaute hinaus.

Ja, sie war's! – So ganz das liebliche, freundliche Mädchen vom Wald, so ganz das unschuldige, anmutige Kind von damals und doch hundertmal schöner, gereifter, ernster als unter den Schlehen des Schwarzwaldes. Schwitzgäbele brauchte alle seine Fassung, um ruhig zu bleiben, um nur wenigstens keinen unzeitigen Lärm zu machen. Er zitterte, er erschrak über seinen eigenen Mut, je harmlos zu den Füßen eines solchen Wesens gesessen zu sein; er zweifelte, ob diese edle, kindlich stolze Gestalt dieselbe sei, ob er sich täuschte? Aber er täuschte sich nicht. Sie war's. Sie saß ruhig an einem Nähtischchen, auf dem als einzige Zierde ein betender Engel aus Gips kniete. Ihr schönes Gesicht beugte sich über eine farbige Stickerei, die sie hie und da mit Vergnügen zu betrachten schien. Nur selten ruhte ihr sinnendes Auge auf dem saftigen Grün der Ulme. Anfangs erschrak der Beobachter, wenn er ihrem Blick begegnete; bald aber war's ihm der seligste Augenblick, und er vergaß die weite Welt in diesem dunkeln Himmel, in den er sich so sicher und ungestört versenken durfte.

Da schlug's auf dem Schloßturme drei Viertel. Es war der Hahnenschrei für Schwitzgäbeles seligste Stunde.

»Noch eine Minute«, dachte er. Gerade sah sie wieder herüber, diesmal länger als sonst. Der Arme stand wie an den Baum gespießt von ihrem milden, ruhigen Blick. »Noch eine Minute!« flüsterte er. »O, Engel, sieh dann weg, ich komme sonst nicht los!« Der Engel gehorchte ahnungslos und Schwitzgäbele umklammerte die Ulme. Er sollte aus seinem Paradies und kein zürnender Geist mit einem Flammenschwert tat ihm den Gefallen und trieb ihn hinaus. Er sollte, nicht ohne einige Schwierigkeit, sein eigener Henker sein. Sein Blick umflorte sich. Doch wie riß er plötzlich Mund und Augen auf! Unten auf dem Bänkchen saß still und regungslos eine dunkle Gestalt.

Schwitzgäbele hatte in seinem ereignisvollen Leben schon manchen Schrecken durchgemacht, aber dieser Moment übertraf alles an betäubender Furchtbarkeit. Einen Augenblick vergingen ihm die Sinne völlig. Dann steigerte sich seine Sehkraft zu einem unglaublichen Grad. Aber der schwarze Mann verging nicht. Im Gegenteil. Langsam zog er ein Buch aus der Tasche, blätterte vor- und rückwärts und fing endlich an zu lesen. Jetzt erkannte der Gefangene seinen Gefangenenwärter. Es war sein teurer Lehrer und Examinator, sein väterlicher Freund, der Professor Kramer. Wäre Schwitzgäbele kein geschulter Stoiker gewesen, die Folgen dieser Entdeckung hätten furchtbar sein können.

So aber ergab er sich, raufte im Geist seinen niedlichen Schnurrbart aus und fing wieder an, um sich doch wenigstens zu zerstreuen und vor Wahnsinn zu bewahren, in den Zweigen herumzublättern, die seinen Himmel verdeckten. Und er war ja noch da, der Engel der Ruhe und des Trostes, und der gipserne daneben betete sichtlich für den Armen. Jeder Augenblick war ein Balsamtropfen in das zerrissene Herz, eine Tonne Öl auf das wogende Meer seiner Gedanken, in denen er fast Schiffbruch litt. Er fühlte das. Er wurde ruhig. Er glaubte endlich sogar ein höheres Walten in seinem heutigen Schicksal zu erkennen, das ihn mit Gewalt an einen Himmel bannte, den er hatte frevelhaft verlassen wollen.

Freilich schlug's dazwischen 2 Uhr, viertel, halb drei, und jeder Schlag schmetterte ihn fast von seinem luftigen Sitz hinunter. Aber dann kam wieder eine Viertelstunde ruhiger, seliger Wonne, in der er dem schwarzen Freund dort unten tausendmal dankte, daß er ihn hatte bei Besinnung erhalten und nicht entwischen ließ, und je später es wurde, um so verstockter ward sein Herz gegen die eherne Zunge, mit der sein Gewissen vom Schloßturm herabpredigte.

Es schlug drei. Er hörte es nicht. Einen Augenblick zuvor schien nämlich das Mädchen mit der Stickerei fertig geworden zu sein. Ruhig legte sie das farbige Blatt auf das Tischchen, fuhr mit der Hand darüber, warf einen langen, sinnenden Blick darauf und schaute dann mit ihrem heiteren Lächeln in den Garten hinab. Es war nicht das freudige Aufspringen, das stürmische Wegwerfen einer glücklich vollendeten Arbeit; ein anderes tieferes Interesse schien sie an ihr Werk zu fesseln; noch einmal und lange ruhte das schwarze Auge auf dem Bild. Jetzt schaute auch Ferdinand darauf: er hatte bis jetzt über der Schöpferin das Werk nicht beobachtet. Er war nahe genug, um zu erkennen, daß die Stickerei eine Landschaft darstellte.

Nein! es war keine Täuschung! – Das war ja der Granitblock, darüber der üppige Strauch voll weißer Blüten, unten der Rain und der Graben und die schwarzen Tannen und die ganze stille Waldeinsamkeit, die ihm so unvergeßlich geblieben war. Figuren fehlten. Aber konnte er sich täuschen? – Nein! Nein! zitterte es ihm durch jede Ader, und eine dunkle, wonnige Ahnung drängte ihm das Blut gewaltsam gegen das Herz. Er dachte nicht weiter darüber nach. Ihm war nur, als müßte er mit einem Sprung vollends zum Fenster hineinfliegen und ihr zu Füßen sinken. Nein, daran dachte er nicht. Aber ihr um den Hals fallen und sie ans volle Herz drücken und sie küssen, weil sie's nicht vergessen hatte, was ihn so namenlos glücklich gemacht –

Sie stand auf. Fast gewaltsam riß sich ihr Auge von dem Bilde los, ehe sie im Hintergrund des Zimmers verschwand. Leise ging eine Tür auf und zu. Unser Held atmete tief auf. Er hatte ein wenig Muße. Seine Gedanken zogen ruhiger ein und aus. Es fiel ihm die vergangene Nacht ein und seine Dichterträume, die er heute fast verwirklicht sah.

»Ja, sie soll's haben«, flüsterte er plötzlich. »Sie weiß ja nicht woher und von wem?« und damit fuhr er in die Brusttasche, zog ein

Papier heraus, wickelte es rasch um eine halbe Siegellackstange, die er dort ebenfalls gefunden hatte, und daß Geschoß flog durch das offene Fenster. Es war ein entscheidender Moment. Beim Flug durchs Fenster verlor das Siegellack seine poetische Hülle. Sie fiel auf das Nähtischchen.

Schwitzgäbele jubelte eine Viertelsekunde. Aber die Stange flog weiter. Ein Stoß, ein Geprassel. Er drückte die Augen zu.

Als er wieder aufsah, lag das gipserne Engelein noch immer ruhig auf den Knien und betete. Aber sein Kopf war verschwunden.

Die quälenden Gedanken, die nagenden Gewissensbisse, die verzweifelten Stoßseufzer um einen neuen Kopf für den Schutzengel, mit denen er oder vielmehr die mit ihm sich die nächsten Viertelstunden vertrieben, das alles kennt kein Mensch; denn das einzige lebende Wesen in der Nähe, der in sein Buch vertiefte Professor, ahnte nicht, was über seinem Haupt in den Zweigen gelitten wurde. Die Angst war auch wohlberechtigt. Sie kam wieder. Ein Blick auf die Umgebung, ein tiefer Schrei der Überraschung, der Entrüstung, des Schmerzes und was alles Schwitzgäbele noch heraushörte, sagte ihm, was er getan. Er hatte ihr ein teures, unersetzbares Andenken zerstört; er hatte ihr mit der Siegellackstange ins Auge, ins Herz getroffen. Sie bückte sich. Sorgfältig las sie die Scherben zusammen und legte stille das Häufchen auf ihr Arbeitstischchen. Ihr Auge fiel jetzt erst auf das Papier. Sie schien aufmerksamer zu werden. Sie nahm es in die Hand, sah zum Baum hinüber, dann auf das Blatt. Ein Zug der Entrüstung spielte um ihren Mund. Rasch trat sie ans Fenster, warf das Blatt hinaus. Der Unglückliche sah noch einmal in das volle, herrliche Gesicht, sah zum zweitenmal eine perlende Träne auf den langen Wimpern blitzen, sah einen seltsamen, unmutigen Schmerz in den schwarzen Augen leuchten – und sein Himmel schloß sich.»Eine Träne!« die zweite, die er gesehen, die zweite, die sie um ihn – nein, nur wegen seiner geweint. Armer Schwitzgäbele! Ohne Regung, ohne Wollen faß er da, fest an den Stamm sich klammernd; nur manchmal winkte ihm das weiße, wehmütig flatternde Blatt, sein Gedicht, das am ersten besten Aste hängengeblieben war, wenn es der Wind bewegte. Er beneidete das Blättlein. Sie hatte es doch in Händen gehabt, hatte es betrachtet, wenn auch nicht gelesen. Er beneidete den geköpften Engel, um den sie geweint; er hätte die ganze Welt beneidet, wenn er nicht zu gut gewesen wäre und sich allmählich aller Neid sachte und unmerklich in ein unbeschreibliches Weh aufgelöst hätte, in dem er Zeit und Raum vergaß.

Wie lange er so gesessen, wußte er natürlich nicht, als der Professor unten sein Buch zuklappte. Es geschah rascher, als man bei dem würdigen Manne hätte erwarten können. Schnell stand er auf. Ein halblautes Gekicher aus dem Gebüsche, das immer näher kann, jagte ihn eiligst in die Flucht. Zwei Mädchen traten aus dem Gehege und warfen sich lachend über ihre Eroberung auf das Bänkchen. Schwitzgäbele hatte einen Augenblick an Erlösung gedacht. Jetzt warf er nur noch einen hoffnungslosen Blick hinab, setzte sich ein wenig bequemer und suchte den Rückweg in das Reich seiner bittersüßen Träume.

Aber es gelang nicht. Das lustige Geplauder unten riß ihn jeden Augenblick zurück in die Wirklichkeit und zog ihm Augen und Ohren hinab. Nachdem sich die Dämchen über den Professor genügend lustig gemacht hatten, hob plötzlich die eine mit einem Freudenschrei ein gefaltetes Papier vom Boden auf.

»Das ist eine Entdeckung, Mina!« lachte sie jubelnd und zeigte ihr den Fund von ferne. Schwitzgäbele erschrak und sah an den Ast hinüber, wo sein Gedicht hängen sollte. Es flatterte noch in stiller Wehmut zwischen Himmel und Erde.

Unten aber war bereits ein heiterer Kampf entstanden, währenddessen das Papier allmählich von vier zarten Händchen gröblich entfaltet wurde.

»Ein Gedicht!« rief die eine.

»Halt, halt, es zerreißt«, die andere.

»Ein Gedicht – und wie hübsch geschrieben! – Es ist eine Männerhandschrift.«

»»An die Namenlose!‹ – Wie reizend! Ein Liebesgedicht! – Schnell, gib doch!«

Schwitzgäbele traten die kalten Tropfen auf die Stirne. Es war bittere Wahrheit. Drüben im Aste flatterte nur ein Stück vom Pandektenauszug, den er seinem Engel hinübergeworfen.

Unten wurden jetzt seine geheimsten Gedanken, seine heiligsten Gefühle zerpflückt und er mußte zuhören und schweigen.

Das war eine Viertelstunde, bis alles vom Anfang bis Ende und vom Ende bis zum Anfang belacht, bespöttelt und verdreht war. Er hätte diese Herzlosigkeit hinter Kannibalen gesucht, nicht in zarten Mädchenseelen. Er biß die Zähne übereinander, er drückte die Faust aufs Herz, er wollte ein furchtbares, schreckliches Gelübde schwören, nie mehr ein Gedicht zu machen, nie mehr an ein Weib zu glauben, mit einer einzigen Ausnahme, nie mehr!

»Und wie meinst du denn, wie hat sich das Ding hieher verirrt?« fragte endlich die eine von den Mädchen, die sich vom Lachen erholt hatte.

Die andere sah hinauf. »Ganz einfach«, meinte sie dann, »das hat ein verliebter Geck bei einem Literaten machen lassen und der Hedwig von Steinau geschickt. Ihr ist's zum Fenster hinausgeflogen. Das muß sie uns noch eingestehen.«

»Gestehen wird sie's nicht. Vielleicht hat's auch ihr Bruder verloren.«

Die andere fuhr auf, tief rot bis an die Stirne.

»Ist er hier?«

»Dein hübscher Artur? Als ob du das nicht vor mir gewußt hättest!«

Mehr hörte Schwitzgäbele nicht. Er hatte auch genug.

»Hedwig von Steinau! Arturs Schwester!« Die Sinne schwanden ihm. Sein Arm bebte. Er fuhr mit beiden Händen vors glühende Gesicht.

Und dann raschelte es um ihn her; Zweige krachten; die ganze Ulme schlug über ihm zusammen. Sein Geschick – das merkte er zum Glück nicht mehr – trieb ihn wie einen lebendigen Keil zwischen die beiden Freundinnen, die mit einem furchtbaren, zweistimmigen Schrei auseinanderfuhren. Das Bänkchen brach laut krachend. Zwei Gartenburschen stürzten von der einen, ein rotbefrackter Portier von der andern Seite herbei. »Ein Gulden dreißig Kreuzer und das Bänkchen machen lassen!« schrie der letztere, sich auf sein Opfer stürzend. Oben klang ein Fenster.

»Ist ein Unglück geschehen?« rief's herunter.

»Gott! mein Sonnenschirmchen! Der Mensch sitzt drauf!«

»Auf die Schloßwacht!« schrie der Portier.

»In den Spital!« meinten die Gärtnerburschen.

»Ein Gulden und dreißig, ein Gulden und dreißig, oder – –«

»Ach Mina, Mina! Du hier? Es wird doch kein Unglück geschehen sein? Man soll den Menschen zu uns herauftragen!« rief's wieder von oben. Das weckte den Armen. Wie der Blitz schnellte er auf. Es fehlte ihm nicht das geringste. Der Portier flog auf die Seite, einer der Burschen auf den Rasen. Der andere rannte nach der Schloßwache. Schwitzgäbele war im nächsten Gebüsch, ehe der dicke Gartenhüter zum drittenmal: »Ein Gulden und dreißig!« wimmern konnte.

V.

Des andern Tags erhielt Artur ein Billett, worin ihn Schwitzgäbele bat, abends in einen bestimmten Wirtschaftsgarten in der Nähe der Stadt zu kommen.

Artur war fast etwas bestürzt durch den eigentümlich, kurzen Ton des Schreibens. Er suchte seinen Freund in dessen Wohnung auf. Dort war dieser aber seit dem frühen Morgen nicht mehr gesehen worden. Es blieb ihm nichts übrig, als zu warten.

Eine Entdeckung, auf die er im Laufe des Morgens gestoßen war, machte ihm diese Begegnung heute zum erstenmal schwer. Sein Vater war verreist. Er war selten in dessen Arbeitszimmer gekommen, das Verhältnis zwischen beiden war bei der Verschiedenartigkeit ihrer Naturen immer ein gespanntes gewesen. Der blinde Zufall führte ihn heute hinein. In dem Zimmer befand sich nur ein alter Diener des Hauses, der Schreiberstelle bei seinem Vater versah. Artur blätterte, ohne etwas Bestimmtes zu suchen, in einem halbvermoderten Aktenfaszikel, das er aus einem Winkel hervorgezogen hatte. Das erste, was sein Auge fesselte, war der Name Schwitzgäbele. Lachend fragte er den Alten, wie dieser Name hierhergekommen? Der Mann machte ein mißmutiges Gesicht. »Ach, Herr Baron, lassen Sie den alten Plunder! Das ist die dumme Geschichte mit dem alten Schwitzgäbele. Seien Sie so gut und tun Sie's wieder in den Winkel. Der Herr Papa könnte bös werden, wenn er die Papiere herumliegen sieht.«

Natürlich gehorchte Artur nicht. Indessen konnte er aus den verstäubten Papieren nicht klug werden und mußte sie endlich doch unmutig wieder hinter die Folianten verbergen. Aus dem Alten war wenig herauszubringen. Doch Artur reimte sich dies und jenes zusammen: daß der alte Schwitzgäbele im Staatsdienst früher ein Rivale seines Vaters gewesen sein mußte, daß ihn seine freie Gesinnung und seine offene Sprache, noch viel mehr aber boshafte Ränke zugrunde gerichtet hatten. Was Hans von seinen Verhältnissen, von seinem Vater namentlich erzählt hatte, vollendete das düstere Bild, dessen tiefster Schatten auf Arturs Vater zu fallen schien.

Er konnte nicht mitlachen, als ihm seine Schwester beim Mittagsmahl von dem geheimnisvollen Unglück erzählte, das den Abend zuvor ihren Freundinnen widerfahren sei. Das fröhliche Geplauder des Mädchens vermochte nichts gegen ein dumpfes Gefühl, das ihn drückte wie eine alte Schuld, wie kommendes Unheil.

Als er sich zur bestimmten Stunde auf den Weg machte, war es nur eine Empfindung, ein Vorsatz, der ihn beseelte: durch doppelte Freundschaft, durch doppelte Anhänglichkeit dem Freunde das zu ersetzen, was ihm sein eigener Vater genommen haben mochte.

Schon von ferne erkannte er Hans. Abgewandt, den Kopf auf die Hände gestützt, saß derselbe da, ohne die Annäherung Arturs zu bemerken, und starrte in das Laub, das der Herbst bereits zu röten anfing. Jener trat leise, hinter ihn, er wollte ihn überraschen, er hätte gerne, wie sonst wohl, in das heitere Gesicht, in die offenen Augen des Jünglings gesehen und berührte seine Schulter mit dem Finger. Schwitzgäbele schauderte und wandte sich um. Artur erschrak. Was hatte diese Wangen auf einmal so bleich gemacht und diese Augen so trüb?

»Dank' dir, Artur«, sagte er leise, indem er ihm die Hand bot, »ich wollte dich noch einmal sprechen.«

»Bist du krank? Wie bleich du aussiehst! Was hast du denn? So rede doch!«

Schwitzgäbele konnte die Augen nicht aufschlagen. Es war ihm wie dem Verbrecher vor dem Geständnis.

»Versprich mir etwas, Artur!« sagte er endlich stockend und bis über die Stirne rot, indem er Arturs Hand suchte.

»Sei kein Narr, Hans«, sagte dieser, indem er zu ihm rückte und den einen Arm um seinen Hals schlang. »Kennst du mich seit heute erst?«

»Versprichst du mir's?«

»Nun ja! Aber red nur. Komm, sieh mich an. Nein, du bist nicht der Alte.«

»Du hast recht. Aber was du mir versprechen mußt: frag nicht, wo ich gestern herumgefahren bin und frag überhaupt nicht.«

»Kommt wieder eine Schlehenblütengeschichte?« lachte plötzlich Artur laut, dem das Geständnis auf dem Hollohkopf einfiel.

»Nein, aber die Früchte!« versetzte Schwitzgäbele wehmütig und versank wieder in langes Schweigen. Artur wußte sich nicht darein zu finden. Es reute ihn fast, gelacht zu haben. Er hätte es gern wieder gutgemacht. Kräftig faßte er die Hand des Freundes und zog ihn an sich.

»Sei ehrlich, Bruder«, sagte er dazu. »War ich's doch auch immer.« – Das sagte er aber leiser, denn das Geheimnis von seines und Schwitzgäbeles Vater fuhr ihm wie ein Stich durchs Herz. Ihre Augen trafen sich; Artur schlug jetzt die seinen nieder.

»Ich weiß, daß ich dich in dieser Stunde verliere«, sagte jetzt Schwitzgäbele mit halberstickter Stimme, »aber es muß heraus.«

»Nie, nie, Bruder, und wenn die halbe Welt unterginge!«

»Du kennst dich nicht. Doch warum lang um die Sache herumreden? 's ist einfach. Und doch – o Artur!«

»Schwitzgäbele, liebes, teures Schwitzgäbele! Sag's nicht. Ich will's nicht hören, eh' du glaubst, daß ich dein bleibe. Ich will's nicht.«

»Und du mußt und ich auch. Artur, es tut mir weh.« – –

»Kannst du meinem Vater nie verzeihen?« fuhr Steinau jetzt heraus; »kannst du mir –«

»Was?«

»Gott – nichts! Ich dachte nur – nichts.«

»Nun, so muß es sein«, preßte Schwitzgäbele über die Lippen, indem er sich gewaltsam den Armen Steinaus entrang, der ihn stürmisch umschlungen hatte. »Artur! Gott 'im Himmel! Artur! Ich kann nichts dafür – ich liebe deine Schwester.« –

Totenblaß fuhr Artur zurück und bedeckte seine Augen mit beiden Händen. Schwitzgäbele wandte sich um und drückte das Gesicht in das goldene Rebenlaub, das die Hütte umrankte. Heiß fielen Tropfen auf Tropfen aus seinen brennenden Augen auf die zitternden Blätter. Eine lange, lange Minute war's grabesstill um sie her. Nichts regte sich. Nur die lichten, heiteren Abendwölkchen flogen eilig über die keimende Natur. – Eine Minute reichte hin. Der strenge Engel des Erdenlebens war in dieser Minute durch die Hütte gegangen, leis, unhörbar, – aber beide fühlten's, daß er ihre schönste Blume geknickt hatte.

Schwitzgäbele wandte sich zuerst und fuhr mit der Hand über die Augen. »Artur!« flüsterte er kaum hörbar. Er regte sich nicht.

»Artur!« sagte er lauter. Jetzt sanken die Hände von den starren, trockenen Augen. Sie sahen sich an. Schwitzgäbele konnte sich kaum mehr halten; fest wollte er sein, aber seine Stimme zitterte, als er sagte:

»Noch einmal gib mir deine Hand, dann –«

»Nein, nein! ich laß dich nicht«, fuhr Artur wild auf. »Nie, nie!«

»Deine Hand, Artur!«

»Nie! Aber es ist unmöglich – 's ist unmöglich, ich kann's nicht tun, was – du verlangst –«

»Deine Hand! Ich verlange ja nichts. Ich will nur Abschied nehmen, Artur!«

»O Bruder! Mußt du denn gerade das – – nein, 's ist nicht möglich – aber dich verlassen – –«

»Deine Hand!«

Artur reichte sie ihm mit abgewandtem Gesicht. Der Jüngling sah ihn noch einmal an, voll, frei, stolz, dann ging er.

Eine Stunde später ging auch Artur, bleich, fieberfröstelnd, krank. So mag wohl ein Soldat aussehen, der vom Kampfplatz schleicht, eine Wunde in der Brust und den siegessichern Feind in der Ferne.

VI.

Alles staunte. Schwitzgäbele war richtig durchgefallen. Jener Mittag und einige ängstliche Gemüter, die den Sohn eines so gefährlichen Individuums im Staatsdienst fürchteten, hatten ihm den Todesstoß gegeben. Er hatte nichts anderes erwartet und tröstete sich. Artur natürlich hatte ein glänzendes Examen gemacht.

Folgenden März (es war der März 1848) versuchte er noch einmal sein Glück, und diesmal mit dem besten Erfolg. Doch suchte er noch keine Anstellung. Sein Onkel war unversehens am Schrecken über die französische Revolution gestorben und hatte ihm zu seiner größten Überraschung ein beträchtliches Vermögen hinterlassen.

Es trat eine Zeit voller Wechsel, voller Hoffnungen, voller Täuschungen ein, die niemand unberührt ließ. Das erste war, daß er sein Vermögen fast vollständig wieder verlor. Das zweite betraf Steinau, der aus dem Staatsdienst trat und auf sein Landgut sich zurückzog. Das letztere berührte ihn äußerlich nicht. Er hatte Artur seit lange fast ängstlich gemieden. Dieser suchte ihn nicht auf. Sie waren sich fremd geworden.

Ob ihm innerlich vielleicht die Veränderung aller Verhältnisse wieder Gedanken, längst unterdrückte Hoffnungen und Träume weckte, wußte niemand. Er sprach nie darüber. Mit jugendlicher Begeisterung warf er sich ins öffentliche Leben jener Zeit. Seine natürlichen Anlagen, seine allgemeinen Kenntnisse, seine ehrliche Charakterfestigkeit, die er sich schon frühe errungen hatte, und in jenen Tagen seine angeborene Schwärmerei standen ihm zur Seite und bald war er, trotz seiner Jugend, in weiten Kreisen keine unbekannte Persönlichkeit.

Das traurige Geschick seines Vaters mochte viel zu seinem Rufe beitragen. Er war kein gewöhnlicher Volksredner. Er haßte jene kleinen Wirren, die nur vom großen Ziele abführten. Er sprach da und dort von Freiheit, von einem Vaterland, von dem großen Deutschland, an das man zu glauben anfing. Aber er gestand sich auch mit schmerzlicher Bitterkeit, wenn rings der Beifall donnernd um ihn wogte, daß ihn vielleicht nicht einer seiner Zuhörer recht verstanden. Er warnte. Man verstand ihn nur noch weniger, jubelte nur noch wilder. Gewaltsam zog es ihn jetzt in einem Zauberkreis weiter, in den er freiwillig und mit ehrlicher Begeisterung getreten war.

Artur war seinem Vater aus der Residenz gefolgt. Die letzte Zeit hatte ihn wunderbar verändert. In seinen heitersten Studentenjahren hatte sein ganzes Wesen nicht jenen feinen, stolzen, aristokratischen Zug verleugnen können, der ihm angeboren war. Jetzt trat derselbe allmählich scharf und bestimmt hervor, und er glaubte sich um so mehr dazu berechtigt, als er dabei die siegende Partei verließ und zu der gefährdeten übertrat. Er fühlte eine gewisse stolze Genugtuung in diesem Gedanken, der jeden inneren Vorwurf zum Schweigen brachte.

Es war darüber wieder Frühling geworden. Die Wahlen für das so viel versprechende deutsche Parlament bewegten alle Gemüter. Schwitzgäbele war noch zu jung, um selbst wählbar zu sein. Viele seiner Freunde und er selbst bedauerten diesen Umstand von Herzen. Übrigens hatte er einen Mann gefunden, dem er in jeder Beziehung gerne Ehre und Würde abtrat. Es war sein alter Freund, der Professor Kramer. Mit allen ihm zu Gebot stehenden Mitteln wirkte er für diesen edlen Charakter, und es schien, als könne der Sieg ihm und seiner Partei durch nichts mehr entwendet werden. Ob Professor Kramer das Deutsche Reich wiederaufrichten werde, war ihm in schwachen Augenblicken allerdings selbst etwas zweifelhaft.

Da ging er einst an einem heiteren Nachmittag einem entfernte Orte des Bezirks zu, um dort im Interesse seiner Sache einer Volksversammlung beizuwohnen. Die helle Sonne schien ihm einmal wieder ins Herz. Die Lerchen jubelten um ihn. Aus der Ferne schallte eine Trommel. In der unbekannten, freundlichen Gegend stieg da und dort der duftige Rauch eines Dörfleins oder ein hoher, spitziger Kirchturm in die Höhe. Die Natur erwachte aus tiefem Schlaf; alles schien aufzuleben, sich zu regen und doch war's ringsum ruhig und still. Ihm selbst war's, als wachte er auf. Die alten Erinnerungen, bitter und süß, zogen, eine um die andere, friedlich durch seine Brust wie ein Traum, auf dessen Lust und Wehe man lächelnd zurückblickt. Froh schaute er in die Zukunft, als könnte sie ihm ein Glück bringen, an dem er noch nicht herumraten mochte. Einstweilen war ihm eine fröhliche Ungewißheit genug und er freute sich daran.

Der Weg führte ihn in einen stattlichen Buchenwald. Ein Markstein und ein Wegzeiger standen vor dem mächtigen Laubtor. »Liliental.« Das war ja der Name des Steinauschen Gutes! Er hatte mehrere Meilen davon entfernt zu sein geglaubt. Der alte Traum regte sich mächtig, als er über die Grenze trat.

Eine Stunde mochte er in dem einsamen Forst gegangen sein, als er Stimmen vernahm. Er bog um eine Ecke. Dort gingen zwei Bauern. Der eine zog einen Rehbock im Moos nach sich, der andere trug eine Flinte. Es war dies nicht auffallend in jener Zeit, und er suchte die beiden Männer einzuholen.

Doch ehe er sie erreichte, stürzte plötzlich aus dem nächsten Gebüsch ein junger, stattlicher Mann im grünen Jagdrock mit glühendem Gesicht und erhobener Reitgerte hervor. Der eine der Bauern wandte sich, die Peitsche sauste ihm ins Gesicht. Er sank mit einem Schrei auf die Knie und drückte beide Hände vors Gesicht. Jetzt brach laut bellend ein großer Jagdhund aus dem Buschwerk und stürzte auf den Liegenden. Der andere pfiff gellend durch die Finger und hinter sich hörte Schwitzgäbele einen Troß Leute schreiend herbeieilen.

Der Jäger hatte seinen Hirschfänger gezogen. Doch eine Sekunde darauf stürzte der Bauer ihm in die Arme und auch der Hund lag winselnd am Boden. Sie rangen. Zwei, drei Leute, die jetzt mit Knütteln bewaffnet an Schwitzgäbele vorbeistürmten, rissen ihn mit. Heulend lag der Geschlagene mit blutendem Gesicht noch am Boden. Fluchend, wütend stürzte der Haufen auf den einzelnen. Der Jäger stach und hieb um sich. Wieder ein durchdringender Schrei. Einer sprang ihm von hinten auf den Rücken. Er wankte. Es war klar, wer unterliegen mußte.

Schwitzgäbele besann sich nicht mehr. Wenigstens einem Mord wollte er nicht untätig zuschauen. Im Nu hatte er die Flinte ergriffen, welche die ersten Bauern weggeworfen. Blitzschnell und kräftig sauste der schwere Kolben durch die Luft. Einer der Bauern fiel über den Daliegenden. Die anderen wichen. »Drauf! Drauf!« brüllte ein schwarzer, bärtiger Kerl, indem er eine alte Reiterklinge zog. »Es gibt Blut! So wie so! Nieder mit den vornehmen Hunden!«

Schwitzgäbele fing den Hieb der Klinge teilweise auf. Lautlos sank der Jäger mit zerrissenem Rock und blutendem Kopf zusammen. Ein Augenblick zerrann. Alles starrte auf den Gefallenen. »Artur!« schrie Schwitzgäbele plötzlich auf. Ein wütendes Feuer jagte ihm durch alle Adern. Der dritte Bauer sank unter einem furchtbaren Streich, während sich der erste wieder aufraffte und blindlings auf den Jüngling lostaumelte. »Das ist der Freiheitsheld, der Halunk! Nieder mit dem Verräter!« heulte es um ihn. Er stellte sich über den Ohnmächtigen und befahl Gott das Weitere. Da knallten zwei Schüsse. Die Bauern stoben auseinander. Die beiden Gefallenen sprangen auf wie Federn. Noch ein Schuß. Einer der Bauern war getroffen. Wie von einer dämonischen Gewalt gepackt, stürzte der ganze Haufe nach der anderen Seite der Straße und in das Buschwerk, während zwei Jägerburschen erschrocken auf Schwitzgäbele zueilten. Dieser warf die Flinte zu Boden, sank mit einem Gottlob auf die Knie und hob das Haupt des Freundes in die Höhe.

–

Hastig wischte er ihm das Blut von der Stirne; selbst atemlos lauschte er auf die kaum merkbaren Atemzüge. Dann legte er ihn auf ein Bett aus weichem Moos, das man rasch zurechtgemacht hatte. Willenlos duldete der halb Bewußtlose alles. Einer der Burschen war auf das Gut geeilt, um einen Wagen zu holen. Bis dieser kam, wollte Hans den lang entbehrten Anblick genießen, wollte den Freund wieder ans Herz drücken, dann – dann mußte er weiter.

Der Wagen kam. Die erste Person, welche ausstieg, war Arturs Schwester. Mit einem Schrei flog sie auf ihren Bruder zu, sank an seinem Lager nieder, drückte ihren Mund an seine Lippen. Dann sah sie zu Hans auf, der sprachlos vor der Gruppe stand und sich an einen Baum lehnte. Sie schien zu erschrecken. Das Rot der Aufregung trat plötzlich von ihren Wangen zurück. Doch faßte sie sich schnell. Ihre Lippen flüsterten etwas, das er nicht verstand. Ein langer, dankender Blick sagte ihm genug.

Der Jägerbursche hatte ihr beim Herausfahren den Hergang erzählt. Man brachte den Verwundeten in das Gefährt. Das Mädchen setzte sich auf die eine Seite. Schwitzgäbele trat an den Schlag, um Abschied zu nehmen.

»Was kommt Ihnen in den Sinn?« rief das Fräulein erstaunt. »Sie fahren doch mit uns! Sie müssen ihm helfen!« Er schüttelte leis mit dem Kopfe.

»Muß ich Sie zweimal bitten?« fragte sie und schlug plötzlich die Wimpern nieder, als er sie ansah. Im nächsten Augenblick saß er innen und das Gefährt fuhr langsam dem Schlosse zu.

VII.

Er saß am Bett seines Freundes. Die dritte Nacht, die er an dieser Stelle zubrachte, war zur Hälfte vorüber. Ein heimliches Halbdunkel herrschte in dem reichen Zimmer. Die Geisterstunde hatte geschlagen. An Geistern, die leis an ihm vorüberschlichen, fehlte es nicht.

Die Parlamentswahl war vorgestern vorübergegangen. Seine Partei war unterlegen. Man hielt ihn allgemein für die Ursache der Niederlage. Die Kunde von jenem Kampf im Walde hatte sich, manchfach verzerrt, blitzschnell verbreitet. Das Volk war mit dem Urteil schnell bei der Hand. Gestern Günstling, war er heute der niederträchtigste Schurke und Verräter. Es tat ihm nur um seinen guten Professor Kramer leid, der sich nun an der Aufrichtung des Deutschen Reiches nicht aktiv beteiligen konnte.

Im Schloß war er in die eigentümlichste Lage geraten. Am ersten Abend war Herr und Frau von Steinau über Land. Als sie spät in der Nacht anfuhren, befand er sich mit dem Arzt allein bei dem Kranken. Der alte Steinau kam herauf, ein Mann, dem Alter und Sorge die Härte von der Stirn gestreift zu haben schien. Er hatte ihn mit den rührendsten Dankesworten überhäuft, die sein zitternder Mund am Lager des einzigen, wieder ohnmächtigen Sohnes hatte finden können. Schwitzgäbele stellte sich endlich vor. Der Alte war plötzlich wie vom Schlage gerührt. Er ging und sie waren sich nicht mehr begegnet. Die gnädige Frau hatte die Erschütterung ohnedies in der ersten Stunde aufs Lager geworfen. Überall aber bemerkte er die größte Sorgfalt, ihm alles so behaglich als nur möglich zu machen.

Mit Hedwig, Arturs Schwester, hatte er sich in die Pflege des Kranken geteilt, der noch immer heftig phantasierte. Sie hatte ihn gebeten, sie Hedwig zu nennen und nannte ihn dafür ganz von selbst Johannes. Die ersten Male, wenn sie den Namen aussprach, errötete sie und sah weg. Bald aber schaute sie ihn dabei so freundlich und offen an, daß Schwitzgäbele schon zweimal deshalb die Arznei verschüttet hatte. Wie sie zu seinem Vornamen gekommen war, und wer demselben diese neueste Form gegeben hatte, machte ihm viel zu schaffen.

Es wäre unnötig und unmöglich, all die tausend süßen, schmerzlichen Kleinigkeiten aufzuzählen, die ihm in diesem Augenblick wonnig durch Leib und Seele zitterten. Er merkte es nicht, als sich wieder einmal leis hinter ihm die Türe öffnete und eine weibliche Gestalt unhörbar eintrat.

»Jetzt ist die Reihe an mir, Johannes«, flüsterte es hinter ihm. »Gehen Sie! Sie sind müde.« Schwitzgäbele fuhr zusammen.

»O bitte, lassen Sie mich! Ich bin nicht müde«, antwortete er leidenschaftlich.

»Aber eigensüchtig. Gehen Sie, bitte! Ich habe Ihnen das Licht außen stehen lassen.«

»Aber Sie dürfen nicht wachen, Fräulein!«

»Ja – und ich soll Ihnen auch noch eine gute Nacht von der Mama sagen. Sind Sie jetzt zufrieden? Gute Nacht, Johannes!«

»Fräulein Hedwig!« »Aber nein! Gehen Sie doch!«

Der Kranke fuhr auf. Das Flüstern hatte ihn geweckt.

»Sehen Sie, das ist nichts für Sie!« sagte Johannes, indem er ihn mit sanfter Gewalt in das Kissen zurückdrückte.

»Bis er wieder schläft«, lispelte sie und setzte sich auf einen Stuhl am Fußende des Bettes. »Aber dann – nicht wahr? – –«

Artur riß in diesem Augenblick die Augen weit auf. Man konnte wohl an diesem starren Blicke erschrecken, der jetzt lang, ruhig, sinnend auf Schwitzgäbele gerichtet war. Plötzlich zuckte ihm ein wilder Schmerz übers Gesicht.

»Ha! – Du da? – Du da? – – Nein, nein! Und wenn du mir dreimal die Brust durchbohrst – du bekommst sie nie – nie –«

»Sei ruhig, Artur!« bat Hedwig herzutretend.

»Ruhig? – Nie sag' ich, nie! – O mein Kopf! – Aber dreimal soll er mir den Schädel einschlagen, ehe er dich – dreimal – nie! –«

Schwitzgäbele schloß ihm den Mund. Es ward ihm schwüler als mitten unter den wütenden Bauern. Hedwig hatte sich wieder gesetzt. Jetzt wurde der Kranke freundlich.

»Deine Hand, Bruder! O ich weiß wohl, warum du gekommen bist, aber ich lieb' dich doch noch; ich kann nicht anders. – Ich weiß wohl, warum du mir den Schädel eingeschlagen hast – und früher einmal – ja in der Hütte – weißt du noch – das Herz mitten, mitten durchstoßen – das ist – du willst meine – meine Hedwig. Laß mich! Meine Hedwig willst du! Schurke, laß mich! – – Du stiehlst mir meine Schwester nicht. – Freund, deine Hand! – Sieh her! den Schädel – und das Herz – ich glaube, du hast's getan – aber doch bin ich noch Artur von Steinau und du – du ein – Bauern – Bauernjunge. Gesteh's – ich hab' nur eine – Nie – nie – das ist viel – viel zu viel – Und wenn ich dran sterben muß – und Hedwig auch – und du – nie, sag' ich!« –

Artur sank zurück. Sein irres Auge schloß sich. Die Lippen zitterten noch leise; es wurde still wie im Grab.

Hedwig drückte ihr Gesicht tief in die Bettdecke. Manchmal drang ein ersticktes Schluchzen zwischen den Falten durch. Schwitzgäbele weinte nicht. Er atmete kaum mehr. Auf dem Bettende sitzend beobachtete er lange das Gesicht des Verwundeten. Dieser schien eingeschlafen zu sein. Jetzt beugte er sich nieder und drückte einen langen Kuß auf die Lippen, die noch von seinem Todesurteil bebten.

Ohne ein Wort zu sagen, hatte er das Zimmer verlassen. Am andern Morgen war weit und breit nichts mehr von ihm zu finden. Hedwig durchsuchte sein Zimmer drei-, viermal. Kein Briefchen, keine Zeile hatte er hinterlassen.

Als er an jenem Morgen, ehe die Sonne aufging, über die Schwelle des Schloßtors trat, fielen ihm seine Schlehen wieder ein. Sie blühten gerade wieder und ein Strauch drängte sich mühsam aus einer alten Gartenmauer hervor, ihm entgegen. Er meinte aber, vor sich hinlächelnd: »Die Schlehen werden allmählich reif«.

VIII.

Und sie wurden's.

Schwitzgäbele hatte nichts mehr in seinem engeren Vaterlande zu suchen. Die Parteikämpfe hatten für ihn nur ein vorübergehendes Interesse gehabt. Seine Stellung war nach allen Seiten unhaltbar geworden. Er sehnte sich fort. Es gab ja noch anderwärts für Recht und Vaterland zu kämpfen.

Der Krieg mit Dänemark war ausgebrochen. In einem Freikorps machte er den größeren Teil desselben mit. Seine Keckheit, seine Todesverachtung zeichneten ihn schnell aus. Er wurde Leutnant. Er wäre höher gestiegen, wenn nicht sichtlich ein eigentümlicher Unstern über allem gewaltet hätte, was er unternahm. Doch verstimmte ihn dies kaum. Unter seinen Kameraden war er heiter, oft ausgelassen. Nur von seiner Vergangenheit sprach er nicht gern.

Einstmals sollte er einige Wagen in ein benachbartes Dorf eskortieren. Er kannte den Weg nicht. Die feindlichen Vorposten waren nicht gar weit. Man kam an einen Scheideweg. Ein Wegzeiger wies sie links. Das Dorf lag aber rechts. Böse Buben hatten den Wegzeiger umgedreht. Der ganze Zug fuhr ahnungslos dem feindlichen Lager zu.

Man bemerkte den Irrtum bald, aber doch zu spät. Sie wurden plötzlich lebhaft angegriffen. Es entstand ein kleines, hitziges Gefecht. Schwitzgäbele war hinten und vornen zugleich. Seine Leute wehrten sich wie die Löwen und schauten bewundernd auf ihren Führer.

Eine Viertelstunde und ein meisterlicher Rückzug wäre gelungen gewesen. Da fuhr Schwitzgäbele plötzlich mit der Hand gegen die Brust, wurde bleich und sank lautlos einem seiner Freunde in die Arme.

»Laßt mich liegen!« bat er. »'s ist aus mit mir und ich bin froh.«

»Herr Leutnant! fassen Sie sich. Die Feinde ziehen sich zurück. Die Wunde ist nicht tödlich.«

Sein Auge flammte auf. Die ganze Wärme seines guten Herzens trat noch einmal auf sein Gesicht. »Ich Hab' für mein Vaterland geblutet. – Bruder, dort oben steht ein Eichbaum. Laß mich dort begraben, – wenn du kannst – – – –«

»Hast du keinen Gruß mehr nach Hause – an eine Schwester – eine Mutter – an eine Braut?«

»Keinen! – Gute Nacht, Bruder! – Herr Gott! dir meine Seele! –«

Er zuckte noch einmal und hatte ausgehaucht.

Weinend standen die Soldaten um ihren Führer. Sie hatten ihn herzlich liebgehabt. Jetzt ergriffen drei die schöne Leiche, um sie zum Eichbaum zu tragen und seine letzte Bitte zu erfüllen.

Da sprengten Reiter heran. Feinde ringsum! Glücklich hieb sich das kleine Häuflein mit Zurücklassung der Wagen durch. Es war keine andere Möglichkeit.

Bauern fanden nachher den Toten. Sie kannten seine letzte Bitte nicht und begruben ihn am nächsten Rain unter einen Schlehenbusch.

IX.

Zwei Jahre darauf reiste Artur von Steinau, der neue Gesandt-schaftsattachs, und seine Schwester, die Verlobte des Gesandten, nach Kopenhagen. Sie reisten zu Land. In einem ärmlichen Torfe, abseits vom gewöhnlichen Weg, stiegen sie aus. Ein Mann führte sie auf ihre genaue Beschreibung hinaus gegen einen Hügel, auf dem ein einsamer Eichbaum stand. Nicht weit davon hing über einen Rain ein mächtiger Schlehenbusch voll üppiger, weißer Blüten. Ein halbzerbrochenes, hölzernes Kreuz neigte sich müd über den sta-chen Hügel.

Ein merkwürdiges Zusammentreffen von Umständen: der Waf-fenbruder, in dessen Armen Schwitzgabele verschieden war, und endlich der Bauer hatten beide hierhergeführt. Schwitzgabele hatte zum erstenmal Glück gehabt.

Lange standen sie und betrachteten das stille, einförmige Bild, das sie umgab. Der Bauer war mit seinem Trinkgelde bereits fortge-gangen. Was sie dachten, sagte keines dem andern. – Hedwig kniete endlich nieder, griff mit der weißen Hand in die Schlehenblüten und brach sich ein Zweiglein. Halblaut streifte sie dann die Blumen ab und sah zu Artur hinauf.

»Sie welken doch«, sagte sie auf seinen fragenden Blick. »Ich will mir einen Dorn mitnehmen.« – –

Und die Moral der Geschichte? – Hedwig fragte in jenem Augen-blick nicht nach der Moral; aber eine heiße Träne fiel aus ihren schönen Augen auf den rauhen Boden, – auf das Grab des letzten Schwitzgäbele. –

Über tredition

Eigenes Buch veröffentlichen

tredition wurde 2006 in Hamburg gegründet und hat seither mehrere tausend Buchtitel veröffentlicht. Autoren veröffentlichen in wenigen leichten Schritten gedruckte Bücher, e-Books und audio-Books. tredition hat das Ziel, die beste und fairste Veröffentlichungsmöglichkeit für Autoren zu bieten.

tredition wurde mit der Erkenntnis gegründet, dass nur etwa jedes 200. bei Verlagen eingereichte Manuskript veröffentlicht wird. Dabei hat jedes Buch seinen Markt, also seine Leser. tredition sorgt dafür, dass für jedes Buch die Leserschaft auch erreicht wird.

Im einzigartigen Literatur-Netzwerk von tredition bieten zahlreiche Literatur-Partner (das sind Lektoren, Übersetzer, Hörbuchsprecher und Illustratoren) ihre Dienstleistung an, um Manuskripte zu verbessern oder die Vielfalt zu erhöhen. Autoren vereinbaren direkt mit den Literatur-Partnern die Konditionen ihrer Zusammenarbeit und partizipieren gemeinsam am Erfolg des Buches.

Das gesamte Verlagsprogramm von tredition ist bei allen stationären Buchhandlungen und Online-Buchhändlern wie z. B. Amazon erhältlich. e-Books stehen bei den führenden Online-Portalen (z. B. iBookstore von Apple oder Kindle von Amazon) zum Verkauf.

Einfach leicht ein Buch veröffentlichen: **www.tredition.de**

Eigene Buchreihe oder eigenen Verlag gründen

Seit 2009 bietet tredition sein Verlagskonzept auch als sogenanntes "White-Label" an. Das bedeutet, dass andere Unternehmen, Institutionen und Personen risikofrei und unkompliziert selbst zum Herausgeber von Büchern und Buchreihen unter eigener Marke werden können. tredition übernimmt dabei das komplette Herstellungs- und Distributionsrisiko.

Zahlreiche Zeitschriften-, Zeitungs- und Buchverlage, Universitäten, Forschungseinrichtungen u.v.m. nutzen diese Dienstleistung von tredition, um unter eigener Marke ohne Risiko Bücher zu verlegen.

Alle Informationen im Internet: **www.tredition.de/fuer-verlage**

tredition wurde mit mehreren Innovationspreisen ausgezeichnet, u. a. mit dem Webfuture Award und dem Innovationspreis der Buch Digitale.

tredition ist Mitglied im Börsenverein des Deutschen Buchhandels.

Dieses Werk elektronisch lesen

Dieses Werk ist Teil der Gutenberg-DE Edition DVD. Diese enthält das komplette Archiv des Projekt Gutenberg-DE. Die DVD ist im Internet erhältlich auf **http://gutenbergshop.abc.de**

FSC
www.fsc.org

MIX

Papier | Fördert
gute Waldnutzung

FSC® C083411

Zeitfracht Medien GmbH
Ferdinand-Jühlke-Straße 7
99095 Erfurt, Deutschland
produktsicherheit@kolibri360.de